RÉMI RATON

ET LE TRÉSOR VOLÉ

DU MÊME AUTEUR

Rémi Raton contre les robo-rats

RÉMI RATON

ET LE TRÉSOR VOLÉ

KEVIN SHERRY

TEXTE FRANÇAIS D'ISABELLE ALLARD

■SCHOLASTIC

Pour Ed Schrader

Catalogage avant publication de Bibliothèque et Archives Canada

Sherry, Kevin

[Remy Sneakers and the lost treasure. Français]
Rémi Raton et le trésor volé / Kevin Sherry ; texte français d'Isabelle Allard.

Traduction de: Remy Sneakers and the lost treasure.
ISBN 978-1-4431-7304-9 (couverture souple)

1. Romans graphiques. 1. Titre. II. Titre: Remy Sneakers and the lost treasure. Français

PZ23.7.S54Ree 2018   j741.5'973   C2018-903829-2

Édition publiée par les Éditions Scholastic, 604, rue King Ouest, Toronto (Ontario) M5V 1E1.

5 4 3 2 1   Imprimé au Canada 114   18 19 20 21 22

Conception graphique : Carol Ly et Baily Crawford

Chapitre 1

LE TRÉSOR DISPARU

Une fois encore, Rémi Raton
a des problèmes.

Quelqu'un a
cambriolé ma
maison!

Mes fils
ont été coupés.

Mes bocaux ont
été renversés.

Mes billes ont été
mélangées.

Mes trésors
ont été éparpillés
et abîmés.

Manque-t-il quelque chose?

Je ne sais pas.

Ce qui me tient le plus à cœur est dans un lieu secret.

J'espère qu'il est encore là!

Ça remonte à quand j'étais petit.

Ma grand-mère nous racontait, à mes cousins et à moi, des histoires incroyables sur notre famille et notre forêt.

Et mon grand-père faisait des dessins dans son journal pour qu'on puisse se souvenir de ces histoires.

RACHEL

RÉMI

Portraits de papi

SAM

SARA

Première sortie en ville

PHIL

Mamie

Puis les bouteurs sont arrivés.

Ils nous ont chassés de la forêt.

Il a fallu fuir. Mais je ne pouvais pas abandonner le journal de papi. Il contenait trop de souvenirs!

Pendant que j'allais le chercher, ma famille s'est dispersée. Je me suis sauvé en ville et j'ai refait ma vie.

Ce journal était spécial.
C'est pour ça que je
l'avais mis sous clé. Et j'ai
toujours la clé sur moi.

Maintenant qu'il a disparu, ma seule façon de
me rappeler papi est de dessiner son visage.
Sauf que je ne suis pas très doué en dessin.

Chapitre 2

UN NOUVEL AMI

Tu es un artiste, hein?

Pas vraiment. Je ne dessine pas souvent.

Attends... **qui es-tu?**

Je m'appelle Bruno.
Je t'ai déjà vu dans le coin. Et je vais te dire ce que tu dois dessiner si tu veux retrouver ton journal.

Le bandit qui l'a volé!

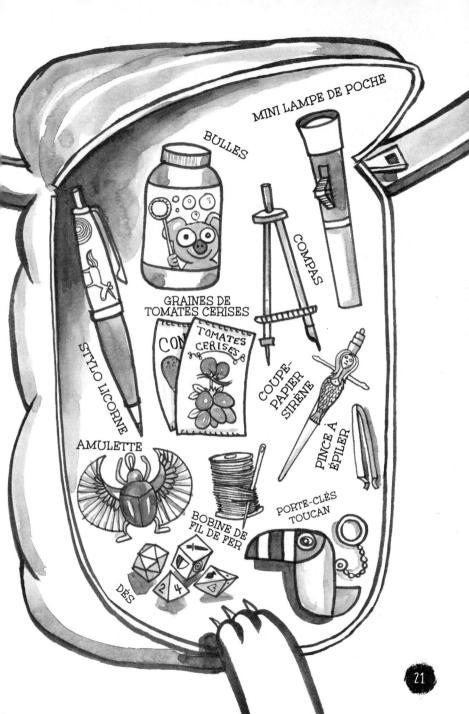

MINI LAMPE DE POCHE

BULLES

COMPAS

STYLO LICORNE

GRAINES DE
TOMATES CERISES

COUPE-
PAPIER
SIRÈNE

PINCE À
ÉPILER

AMULETTE

BOBINE DE
FIL DE FER

PORTE-CLÉS
TOUCAN

DÉS

21

On dirait que Rémi s'est fait piéger.

Si tu veux passer, il y a des frais de péage.

Tu peux garder la clé,
mais on va prendre
tout le reste.

Rémi leur donne donc le contenu de son sac et sort son crayon.

Jeune chat à la perle

Félin américain

Le miaulement

Miaou Lisa

Bon! Vous pouvez garder mes trucs et voici vos dessins. J'espère que vous êtes contents!

C'est notre chance de nous enfuir. Bande des braves, allons-y!

Tes dessins s'améliorent!

29

Chapitre 3

SOUS LA SURFACE

Je crois que je sais où est le voleur. Suivez-moi.

Oh... enchanté. Gros Al, c'est ça? Je ne suis pas avec le raton, je le jure. Ces gars m'ont payé pour que je leur fasse visiter les égouts. Mais je suis comme toi, je m'occupe juste de mes propres intérêts. Tu ne ferais pas de mal à un collègue, n'est-ce pas?

POF POF

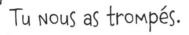

Chapitre 4
LE TROU

Tu nous as trompés.

Et maintenant, on est prisonniers.

Ce n'était pas mon intention.

ARRÊTEZ ÇA TOUT DE SUITE!

Se battre entre nous ne réglera pas notre problème. On est dans ce pétrin tous ensemble, pour le meilleur ou pour le pire.

Je suis vraiment désolé.

J'ai laissé mes amis chats prendre tes affaires.
Je pensais que si je t'aidais à récupérer ton journal,
on serait quittes. Mais je n'aurais pas dû vous amener ici.

Je le crois, Torche.

Je meurs de faim! Amenez-moi le rat!
NON! Prends-moi, à la place. Tout est de ma faute et je ne te laisserai pas manger mes amis!

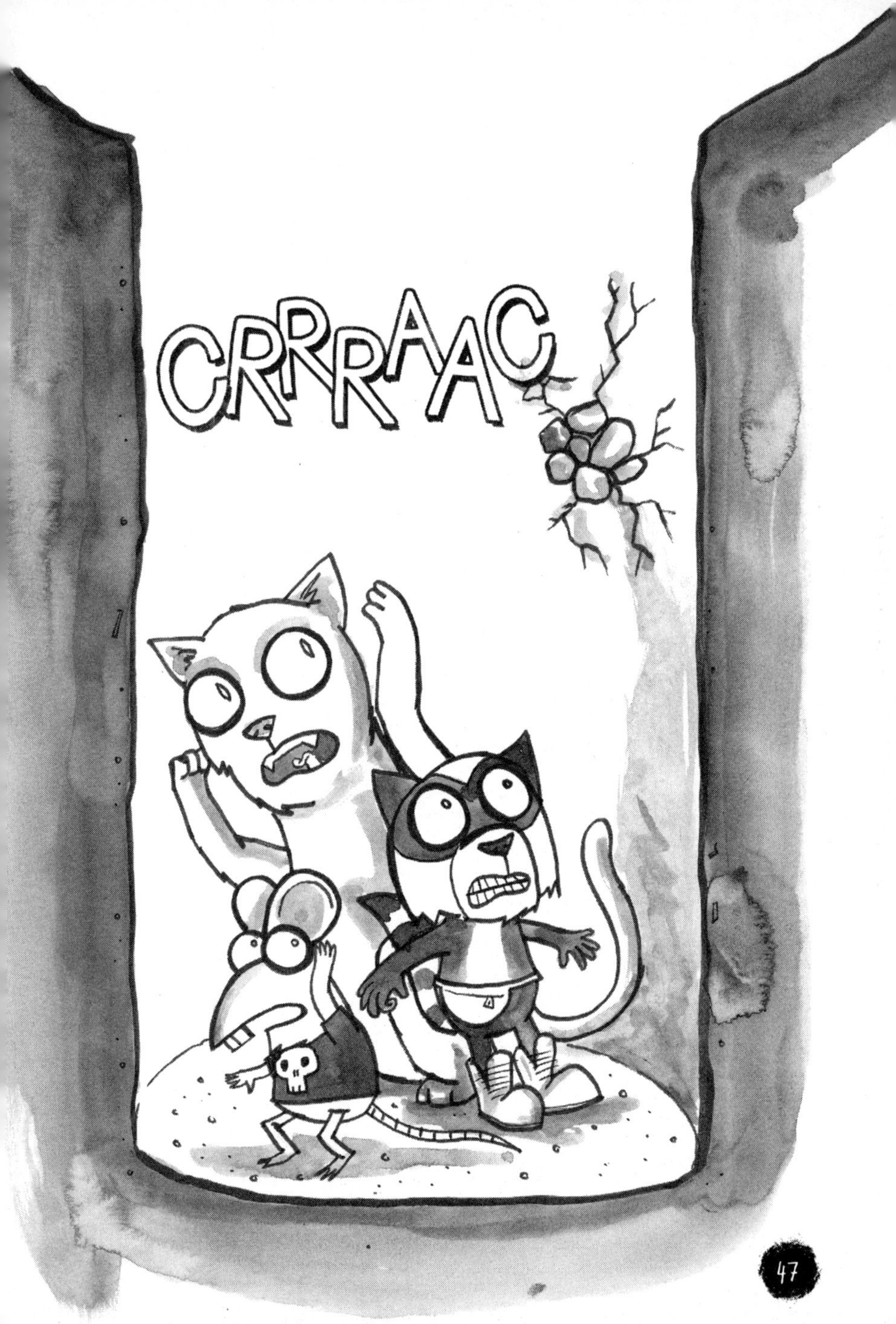
CRRRAAC

Vite! Si on sort d'ici, je ne prendrai plus jamais de raccourci!

Allez, la Bande des braves!
On en est capables!

Chapitre 5

LA COLLABORATION

Bon, on a survécu, mais je n'ai toujours pas retrouvé mon journal.

Au moins, vous pouvez compter les uns sur les autres.

Je suis désolé, Torche.
J'espère qu'un jour on pourra être amis.

Tu veux rire? Tu as risqué ta vie pour moi.
Et tu as bloqué le tunnel devant ces sales
rats. Évidemment qu'on est amis!

Parfait. J'ai
toujours voulu faire
partie d'une équipe.
C'est pour ça que je
laisse les autres chats me
marcher sur les pattes.

Mais maintenant,
je fais partie de la
Bande des braves!

BANDE DES BRAVES

Merci! Plus je dessine, plus c'est facile. Et ça me donne l'impression de me rapprocher de papi.

Comme c'est attendrissant! Votre évasion était la distraction dont j'avais besoin pour me sauver. Comme vous m'avez aidé, je vais vous aider à mon tour.

Il y a un excellent café à l'autre bout de la ville, appelé Soupe Souche.

Cette carte est TRÈS utile! Vois-tu cette souche avec le symbole? L'entrée du café est derrière. Mais il paraît que des personnes louches fréquentent cet endroit.

Laisse-moi m'en occuper!

On devrait peut-être tenter de passer inaperçus.

Oui! Il nous faut des déguisements!

Super déguisements

Grrr!

Salut!

Euh... on ne le connaît pas vraiment... mais mon ami Rémi va faire ton portrait si tu nous laisses entrer.

Aimes-tu le surf? Bien sûr! Tu serais impressionnant sur une planche!

68

À l'intérieur, la Bande des braves remarque que les clients ont une allure plutôt louche.

Avez-vous vu un alligator poilu?

Chapitre 6

L'ALLIGATOR POILU

Psitt! Rémi! C'est lui. C'est l'alligator poilu que j'ai vu. Et ils sont deux.

L'opossum est un marsupial d'Amérique. Ça veut dire qu'il transporte son petit dans une poche.

FOXTROT 13 h 12

lilipédia.org

opossum

L'opossum vit dans plusieurs régions d'Amérique du Nord.

Bon, faisons un plan avant de les affronter. D'abord, on devrait...

Ouais, et alors? On vole pour vivre.
Et on est doués pour ça.

N'importe qui peut nous
embaucher pour un contrat.

Et si je gagne?

Je te donnerai le seul objet
de valeur qui me reste.

Cette
clé
dorée!

Elle brille! Je la veux!

C'est parti! Celui qui fera le dessin le plus impressionnant gagnera!

Et il faut que ce soit moi, car je NE PEUX PAS perdre cette clé.

Je vais commencer par...

une jolie petite fleur.

DONNE-MOI ÇA!
Je vais dessiner une
grosse paire
de bottes sur
ta fleur.

Et moi, je vais rendre tes bottes élégantes.

Même pas un bon bain chaud rempli de mousse, avec des bonbons, ton livre préféré et des sels de bain à la lavande pour tes pauvres muscles fatigués?

Quelle idée merveilleuse!

Je ne la connais pas vraiment. Je sais juste qu'elle porte un masque et une cape.

Est-ce une superhéroïne?

Plutôt une supervilaine.

91

Chapitre 7

LA POURSUITE

La Bande des braves se lance
à la poursuite de la voleuse.

EN UNISSANT NOS FORCES, ON PEUT L'ATTRAPER!

Ra file à travers les entrepôts. Elle conduit nos amis vers le métro qui gronde et entre dans le tunnel.

AVERTISSEMENT : Cette histoire change de côté! (Tourne le livre.)

BRAOUM

Rémi, si tu sautes sur mon dos, tu pourras atteindre l'échelle.

Assez de pertes? Que veux-tu dire?
Peu importe. Je ne peux pas sauter jusque-là.

Allez, Rémi!
Tu en es capable!

Oh NON! Je ne peux pas échouer maintenant.
Je dois faire preuve d'imagination.

Chapitre 8

RETROUVAILLES

On doit être parents. Mais le journal est verrouillé...

J'ai la clé!

Arbre
généalogique
de la famille
Raton

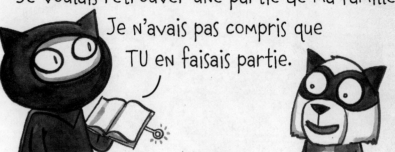

Je voulais retrouver une partie de ma famille.
Je n'avais pas compris que
TU en faisais partie.

FLOC

Cousine
Rachel?

La Bande des braves à la recherche...

du trésor volé.

Ces dessins sont super! Je ne pourrai jamais dessiner comme ça...

Bien sûr que oui.

Vas-y, essaie!

Pense à tes émotions, à ce que tu désires le plus au monde ou à de beaux souvenirs. Ensuite, prends un crayon et dessine-les.

RÉMI

GENTIL VOISIN

RÉMI N'AIME PAS NAGER!

RACHEL ADORE GRIMPER!

IDÉES DE RÉNOVATIONS

RACHEL

TRAJET VERS NOTRE MÛRIER PRÉFÉRÉ

Tu fais partie de ma famille. Tu peux rester chez moi pendant qu'on répare ta maison. On créera d'autres souvenirs et on commencera un nouveau journal.

Merci, Rachel. Il faudra du temps pour reconstituer mes collections.

Mais ma collection la plus importante
est parfaite comme elle est!

NE MANQUEZ PAS LA PREMIÈRE AVENTURE EXCITANTE DE RÉMI!

Rémi Raton n'est pas un voleur!

Pour prouver son innocence, Rémi a besoin de l'aide des souris, des rats et des pigeons qui peuplent la ville. Habituellement, ces derniers ne sont pas les meilleurs amis du monde. Ils devront toutefois unir leurs forces afin d'arrêter le véritable malfaiteur.

À PROPOS DE L'AUTEUR

Kevin Sherry est un auteur et
illustrateur qui a signé de nombreux
livres pour enfants, dont la collection
The Yeti Files et l'album *Je suis le
plus gros de l'océan*, qui a connu
une excellente réception et remporté
un prix pour les illustrations de la
Société des illustrateurs. Kevin a de
nombreux intérêts, comme la cuisine, le
vélo, la sérigraphie et les spectacles de
marionnettes pour petits et grands.
Il vit à Baltimore, au Maryland.

REMERCIEMENTS

Merci à Teresa Kietlinki, Brian,
Erin Nutsugah, Dan Deacon,
Bill Stevenson, John Clinton,
Matt Farley et à mes parents.